AF399772

LEKTÜRE HILFE

Nana

Émile Zola

Verfasst von Johanne Boursoit
und Pauline Coullet
Übersetzt von Julia Buchrieser

DER QUERLESER

Auf derQuerleser.de findest Du:
Zahlreiche verständliche und
detaillierte Lektürehilfen in
Nullkommanichts in digitaler
Version oder als Taschenbuch.

ÉMILE ZOLA

FRANZÖSISCHER SCHRIFTSTELLER UND JOURNALIST

- **Geboren 1840 in Paris**
- **Gestorben 1902 in derselben Stadt**
- **Einige seiner Werke:**
  - *Der Totschläger* (1877), Roman
  - *Das Paradies der Damen* (1883), Roman
  - *Germinal* (1885), Roman

Émile Zola zählt zu den bedeutendsten französischen Schriftstellern des 19. Jahrhunderts. Er war eine der Leitfiguren der literarischen Strömung des Naturalismus, die die experimentellen wissenschaftlichen Methoden der damaligen Zeit auf die Literatur anwenden wollte: Nach der Beobachtung des Realen stellte Zola eine Hypothese auf und verifizierte sie durch Experimente in seinen Werken. Sein Hauptwerk, *Die Rougon-Macquart*, stellt eine Veranschaulichung dieses Vorgehens dar. Der Zyklus von zwanzig Büchern wurde trotz zahlreicher Kritik ein großer Erfolg.

Zola beteiligte sich am politischen Leben, wofür er oft verurteilt wurde. Sein Brief *Ich klage an …!* (1898) spielte eine Schlüsselrolle in der Dreyfus-Affäre und trug wesentlich zur Rehabilitierung des Artillerie-Hauptmanns Dreyfus (1859-1935) bei.

NANA

DER WEG EINER FASZINIERENDEN „KOKOTTE" IM ZWEITEN KAISERREICH

- **Textgattung:** Roman
- **Herangezogene Ausgabe:** *Nana*. Aus dem Französischen von Armin Schwarz. Jazzybee Verlag: Altmünster 2015.
- **Erstausgabe:** 1880
- **Themen:** Naturalismus, Gesellschaft, Prostitution, Zweites Kaiserreich, Lasterhaftigkeit, Elend

Der neunte Roman des *Rougon-Macquart*-Zyklus *Nana* hatte trotz heftiger Kritik an als unmoralisch angesehenen Szenen immensen Erfolg bei der Leserschaft.

Nana wurde im Jahr 1880 publiziert und handelt vom kometenhaften Aufstieg einer „Kokotte" im Zweiten Kaiserreich (1852-1870). Die mittellose Prostituierte stammt aus einer in *Der Totschläger* (1877) näher beschriebenen Arbeiterklasse und verdreht den vornehmsten Pariser Männern den Kopf. Sie verführt sie zu Ausschweifungen und stirbt schlussendlich an Pocken.

INHALTSANGABE

KAPITEL I

Es ist 21 Uhr. Hohe Pariser Persönlichkeiten (der Journalist Herr Fauchery, sein Cousin Hector de la Faloise, der Bankier Herr Steiner, Graf Xavier von Vandeuvres, der Kammerherr des Kaisers Graf Muffat de Belleville in Begleitung seiner Frau und seines Schwiegervaters, dem Marquis de Chouard, Herr Labordette) und bürgerliche Damen drängen ins Varietétheater, um die junge Tänzerin Nana im mythologischen Stück „Die blonde Venus" zu sehen.

Anna Coupeau, auch Nana genannt, ist 18 Jahre alt und erscheint leicht bekleidet in der Rolle der Venus. Sie erweist sich als schlechte Schauspielerin und Sängerin. Allerdings gelingt es ihr, das Publikum mit ihrem Charme zu verzaubern und so wird sie am Ende des Stückes trotzdem bejubelt.

KAPITEL II

Nana arbeitet bereits als Kurtisane und lebt mit ihrer Zofe Zoé in einer von einem ihrer Liebhaber bezahlten Wohnung. Die beiden haben einen genauen Zeitplan, denn die Männer dürfen sich beim Betreten und Verlassen der Wohnung nicht über den Weg laufen. Nana hat außerdem ein 2-jähriges Kind, das mit seinem Kindermädchen in einem Dorf lebt. Zusätzlich zu den Stammkunden kommen nach ihrem Auftritt am Vorabend nun neue Bewunderer zu ihr. Unter ihnen auch Graf Muffat, ein sehr devoter Mann, sein Schwiegervater, der Marquis de Chouard, und der junge Mann Georges Hugon.

KAPITEL III

Jeden Dienstag gibt Muffats Frau, Gräfin Sabine, einen Empfangsabend für die vornehmsten Persönlichkeiten von Paris. Diese Woche sind vor allem die Zuschauer der Premiere von „Die blonde Venus" geladen. Hinter vorgehaltener Hand reden die Menschen nur von Nanas Vorstellung am nächsten Tag. Sie sind neugierig, wer dorthin geht und sorgen sich nicht um die politischen Spannungen mit Preußen, für die Bismarck (deutscher Staatsmann, 1815-1898) gesorgt hatte.

KAPITEL IV

Die Hitze und der Alkohol führen dazu, dass sich Nana bei ihrem Souper äußerst peinlich verhält. Zu den Gästen gehören Personen aus zwei sehr unterschiedlichen Welten: „Respektable Menschen" treffen auf Schauspielerinnen und Kurtisanen. Die Abwesenheit des Grafen Muffat lässt Nana nicht unberührt.

KAPITEL V

Die Vorstellungen der „blonden Venus" verkaufen sich gut und Nana bekommt in ihrer Garderobe Besuch von einem Prinzen. Zudem schafft die Schauspielerin es, Muffat zu verführen. Beschwingt vom Ambiente und den nackten Statistinnen vergisst er allen Anstand und küsst Nana. Dennoch verlässt sie das Theater mit dem Prinzen.

KAPITEL VI

Durch ihre Liaison mit dem Bankier Steiner, der Rose Mignon für sie verlassen hat, bekommt die inzwischen berühmt gewordene Nana ein Landhaus in der Nähe von Les Fondettes, der

Residenz von Madame Hugon. Diese Nana gegenüber sehr misstrauische Frau hält sich dort gerade mit ihrem Sohn Georges auf und lädt ihre Pariser Freunde ein. Durch die Nachbarschaft zu Nana nehmen diese die Einladung gerne an. Die Schauspielerin beginnt eine Liaison mit Georges Hugon. Gleichzeitig spioniert ihr der von ihr besessene Muffat nach und verfolgt sie. Seine Bemühungen lohnen sich schlussendlich, denn er darf die Nacht mit ihr verbringen.

KAPITEL VII

Die Liaison zwischen Muffat und der Kurtisane dauert an, jedoch ohne Leidenschaft von Nanas Seite. In einem Artikel von Fauchery wird sie als „goldene Fliege" bezeichnet, womit er sagen will, dass sie dem Elend emporgestiegen ist und nun alle verdirbt, auf denen sie landet. Muffat liest Nana den Artikel vor, doch sie betrachtet sich lieber nackt im Spiegel. Sie sprechen über Frauen und Liebe und schlussendlich kommt es zum Streit, als Nana Muffat erklärt, dass seine Frau ihn mit Fauchery betrügt.

KAPITEL VIII

Nanas Gläubiger drohen ihr, weil sie seit ihrer Trennung von Muffat kein Geld mehr hat. Inzwischen hat sie sich in Fontan verliebt, der ebenfalls Schauspieler im Varietétheater ist. Sie ziehen mit Nanas Sohn Louis nach Montmartre. Allerdings geraten die Dinge nun sehr schnell außer Kontrolle: Der Schauspieler schlägt sie und zwingt sie zur Prostitution, um Geld zu verdienen. Nana vertraut sich ihrer Kindheitsfreundin Satin an, die sie auf der Straße wiedergetroffen hat und mit der sie sich prostituiert. Die beiden verbindet eine amouröse Freundschaft. Satin wird bei einer Polizeikontrolle festgenommen.

Nanas Rivalin Rose Mignon wird Muffats Mätresse, nachdem sie bereits die von Fauchery gewesen ist.

KAPITEL IX

Nana kehrt zu ihrer Zofe zurück und nimmt die Liaison mit Graf Muffat wieder auf, der ihr im Varietétheater eine Rolle als anständige Frau verschafft. Zudem verspricht er ihr ein Haus. Auch wenn er sich dessen bewusst ist, dass der

Umgang mit einer Kurtisane entwürdigend ist, bleibt er weiterhin besessen von Nana. Diese kann in ihrer neuen Rolle nicht überzeugen und das Stück ist ein Misserfolg.

KAPITEL X

Nana lebt nun im Luxus und lässt sich von Muffat aushalten. Sie verspricht ihm ihre Treue, empfängt allerdings gleichzeitig heimlich andere Männer, darunter Vandeuvres und die Brüder Hugon, und bringt sie um ihr Geld. Nana ist in Satin verliebt und setzt durch, dass sie bei ihr wohnen kann. Bei einem Essen sprechen sie über ihre Herkunft. Vandeuvres ist ruiniert und will beim Pferderennen wieder zu Geld kommen. Er gibt einer seiner Stuten den Namen Nana.

KAPITEL XI

Die Stute gewinnt das große Preiswettrennen, bei dem sich ganz Paris einfindet. Neben dem Sieg des Pferdes feiern die Pariser, Jockeys und Pferdebesitzer auch Nana, die schöner ist als je zuvor. Gleichzeitig wird Vandeuvres Betrug aufgedeckt. Er ist ruiniert, schließt sich in der Sattelkammer ein und legt dort Feuer.

KAPITEL XII

Nana fordert immer mehr von Muffat und empfängt immer noch andere Männer. Ihr Haushalt, angefangen bei den Bediensteten, ist sehr desorganisiert.

Nana arrangiert die Heirat von Daguenet, einem ihrer ehemaligen Liebhaber, und Muffats Tochter Estelle. Bei der Verlobungsfeier vermischen sich die beiden Welten – die der Kurtisanen und die der feinen Gesellschaft – erneut. Muffat entdeckt einen Brief seiner Frau an Fauchery und kann ihren Ehebruch nicht weiter ignorieren.

KAPITEL XIII

Eines Morgens überrascht Muffat Nana mit Georges Hugon. Einige Stunden später hält dieser im Wissen um ihre Beziehung zu seinem Bruder Philippe um ihre Hand an. Sie lehnt den Heiratsantrag jedoch ab und Georges begeht daraufhin Selbstmord, während sein Bruder, der für den Unterhalt der Kurtisane Diebstähle begangen hat, gefasst und festgenommen wird.

Aus Langeweile geht Nana mehrere Beziehungen mit armen und reichen Partnern ein und ruiniert sie allesamt. Sie verschont auch Muffat nicht, der die Augen vor ihren zahlreichen Liebhabern verschließt und sich von ihr alles gefallen lässt. Allerdings verlässt er sie, als er die Schauspielerin mit seinem Schwiegervater, dem Marquis de Chouard, erwischt. Muffat bereut es, so tief gesunken zu sein und flüchtet sich in die Religion. Zoé, Nanas von Beginn an treue Zofe, verlässt sie ebenfalls, als Satin im Krankenhaus stirbt.

KAPITEL XIV

Aus Abscheu verkauft Nana ihr Hab und Gut und verschwindet. Ihre Rückkehr aus Russland als reiche Frau wird darauf zurückgeführt, dass ihr Sohn Louis an Pocken erkrankt ist und bald darauf stirbt. Sie selbst steckt sich ebenfalls an und stirbt entstellt in einem Hotelzimmer. Rose Mignon begleitet sie in ihren letzten Stunden. Draußen, vor dem ratlosen Grafen Muffat, kündigen die Schreie der Menge den Deutsch-Französischen Krieg und damit den Niedergang des Zweiten Kaiserreichs an.

Das Zweite Kaiserreich

Das Zweite Kaiserreich war das politische System in Frankreich unter Napoleon III. (1808-1873), das zwischen 1852 und 1870 nach einem Staatsstreich existierte. Napoleon III. führte ein autoritäres Regime, beschränkte die persönlichen Freiheiten und brachte Frankreich auf den Weg der Industrialisierung und des Kapitalismus. Außenpolitisch gesehen brach der Kaiser viele Allianzen und löste 1870 einen Krieg gegen Preußen aus.

PERSONENANALYSE

NANA/ANNA COUPEAU

Nana ist die Tochter von Gervaise Macquart und Coupeau, den Figuren aus dem Roman *Der Totschläger*. Nachdem sie das Elend, aus dem sie stammt, und ihre Arbeit als Floristin bei ihrer Tante Madame Lerat hinter sich gelassen hat, wird sie „Kokotte", eine zu der Zeit geläufige Bezeichnung für Edelprostituierte. Sie lässt sich von ihren Liebhabern finanzieren und führt ein halbmondänes Leben. Gleichzeitig beginnt sie eine Karriere als Schauspielerin, die dank ihrer Anziehungskraft auf das männliche Geschlecht trotz ihrer Talentlosigkeit ziemlich erfolgreich verläuft. Nana war sich ihrer Wirkung auf Männer bereits als kleines Mädchen bewusst, denn dieses Laster ist Teil ihres Charakters.

Sie ist 18 Jahre alt und hat bereits ein Kind, um das sie sich jedoch nicht kümmert. Das Mädchen ist korpulent, hat eine helle Haut und blonde Haare bis zur Hüfte. Sie strahlt damit eine fast schon animalische Sinnlichkeit aus.

Nana fehlt es allerdings an Intelligenz. Sie wird als „stattliches Frauenzimmer" beschrieben und ist sich ihrer Schönheit bewusst – das geht sogar so weit, dass sie sich stundenlang nackt im Spiegel betrachtet. Die junge Frau möchte Teil der großen Welt werden und schafft das auch, indem sie Beziehungen zu Männern aus diesem Umfeld unterhält, die sie durch ihre Geldforderungen ruiniert und meist verachtet. Nana richtet in den höchsten Gesellschaftsschichten Chaos an und rächt damit unbewusst die Armut und das Elend ihrer Eltern.

Nana ist eine vielgestaltige Person:

- Sie wird mit verschiedenen Tieren verglichen – vom Reh über die Stute bis hin zur Fliege in Faucherys Artikel.
- Sie ähnelt zudem einer Hexe, wenn sie die Männer verzaubert.
- Sie spielt mit ihrer Interpretation der Venus einen mythologischen Charakter.

Nana symbolisiert den Niedergang des Kaiserreichs, ruiniert sich selbst schrittweise und stirbt schlussendlich an Pocken.

NANAS ANGEHÖRIGE

Ihre Tante Madame Lerat hat Nana ihre erste Anstellung als Floristin verschafft. Gegen Geld hilft sie ihrer Nichte immer gerne aus. Außerdem kümmert sie sich um Nanas Sohn Louis.

Louis ist ein kränkliches Kind, um das sich Nana nur wenig sorgt. Er stirbt, ebenso wie seine Mutter kurze Zeit nach ihm, an Pocken.

Ihre Zofe Zoé ist ihr sehr treu. Sie ist eine gute Ratgeberin und vermeidet einige Unannehmlichkeiten bis das Chaos in Nanas Haushalt ausbricht. Von diesem Moment an wird Nana selbst von ihren eigenen Hausangestellten nicht mehr respektiert. Kurz vor Satins Tod kehrt Zoé in das Haus zurück, in dem Nana begonnen hat, als Kurtisane zu arbeiten.

GRAF MUFFAT

Der Kammerherr von Napoleon III. ist hässlich und zeigt am Beginn des Romans große Moral und Frömmigkeit. Er wird erst spät sexuell aktiv und holt seinen „Rückstand" in dieser Hinsicht mit Nana auf, als er seine Triebe nicht weiter zügeln kann. Allerdings schämt er sich dafür sehr. Die Schauspielerin hat ihn in ihren Bann geschlagen und er gibt all ihren Launen nach, egal ob materieller, sentimentaler oder körperlicher Natur. Als er sie mit seinem Schwiegervater, dem Marquis de Chouard, erwischt, verlässt er sie. Nanas Tod trifft ihn dennoch.

Seine ungefähr 30-jährige Ehefrau Sabine geht denselben Weg wie er: Anfangs verhält sie sich mustergültig und scheint trocken und kalt. Schließlich nimmt sie sich jedoch auch einen Liebhaber – Fauchery – und gibt Unsummen für ihn aus.

Graf Muffat und Sabine lassen sich von Nana ins Elend stürzen und reißen ihre gesamte soziale Klasse mit. Sie repräsentieren damit die Gesellschaft des Zweiten Kaiserreichs, die Zola in seinem Roman kritisieren will.

SATIN

Satin ist Nanas Kindheitsfreundin und verdient ihr Geld als Prostituierte. Sie ist hübsch und jung, spricht aber als Mädchen von der Straße sehr einfach. Nana nimmt den Kontakt zu ihr wieder auf als sie nach der gescheiterten Beziehung mit

Fontan auf die Straße zurückkehrt. Satin nimmt schrittweise eine immer größere Bedeutung im Leben der jungen Kurtisane ein und führt sie in die lesbische Gesellschaft der damaligen Zeit ein. Die beiden stehen sich sehr nahe und unterhalten eine leidenschaftliche Liebesbeziehung. Für Nana nimmt sie deswegen einen wichtigeren Platz als all ihre anderen Affären ein, da sie nicht von Geld motiviert ist. Zudem gefällt ihr der provokante Aspekt ihrer homosexuellen Beziehung.

Bald darauf zieht Satin zu Nana, die ihre Geliebte nicht vor ihren männlichen Liebhabern versteckt, was zeigt, wie frei sie lebt. Allerdings hat Satin in dieser Beziehung die Oberhand und Nana respektiert sie.

Satin erkrankt am Ende des Romans schwer. Bevor Nana Paris verlässt, besucht sie sie ein letztes Mal:

> Ich fahre ins Spital; niemand hat mich so sehr geliebt wie sie. Mit vollem Recht beschuldigt man die Männer, daß [sic] sie kein Herz haben … Wer weiß; vielleicht werde ich sie gar nicht mehr am Leben finden. Macht nichts, ich werde doch verlangen, sie zu sehen, ich will sie noch einmal küssen. (S. 322)

DIE MENSCHEN VON WELT

Sie sind zwar Teil der großen Welt, der guten Gesellschaft, verhalten sich aber nicht besser als Angehörige der niedrigeren sozialen Klassen. Sie haben Mätressen, finanzieren sie und verlieren jegliche Moral. Sie alle hatten eine Liaison mit Nana, die sie ruiniert hat:

- Der dicke Bankier Steiner finanziert Rose Mignon mit dem Einverständnis ihres Ehemannes.
- Der Journalist Fauchery wird Rose Mignons Liebhaber und später der von Sabine Muffat.
- Vandeuvres wird zum Betrüger und begeht Selbstmord.
- Der junge Mann Georges Hugon, an dem Nana vielleicht ein wenig mehr liegt, begeht Selbstmord, nachdem sie seinen Heiratsantrag abgelehnt hat.
- Sein Bruder Philippe Hugon begeht Diebstähle, um die Heldin bezahlen zu können, und wird deswegen verhaftet.
- Daguenet, Nanas Liebhaber am Beginn des Romans, heiratet dank des Einflusses der Kurtisane auf Graf Muffat dessen Tochter. Am Tag seiner Hochzeit mit Estelle Muffat bietet er sich jedoch erst Nana an.

Zusammenfassend haben all diese Märner nur ein Ziel: Das Leben durch unmoralisches Verhalten aufs Äußerste zu genießen.

INTERPRETATION

DER NATURALISMUS

Zolas Methode

Zola ist Autor der zwanzig Romane, die den *Rougon-Macquart*-Zyklus mit dem Untertitel *Natur- und Sozialgeschichte einer Familie unter dem zweiten Kaiserreich* bilden. Aber was versteht man unter „Natur"?

Dieser Begriff steht in Verbindung damit, dass Zola die Leitfigur des Naturalismus war, einer literarischen Strömung, die den Realismus weiterführt und die einen Gegensatz zur Romantik bildet. Der Naturalismus basiert auf dem Determinismus, der aufzeigt, welche notwendigen Gründe und Bedingungen den Lebensweg einer Person vorbestimmen. Der Determinismus stützt sich daher auf eine Beziehung zwischen Ursache und Wirkung und geht davon aus, dass die Persönlichkeit eines Individuums von seiner Vorgeschichte abhängig ist. Laut dem Naturalismus folgt der Mensch einem doppelten Determinismus: seinem biologischen Erbgut und dem Einfluss seines Umfeldes. Die beiden essenziellen Dynamiken im naturalistischen Ansatz sind daher der Mensch und sein Umfeld.

Von dieser Annahme ausgehend wendet Zola die wissenschaftliche Methode von Dr. Claude Bernard (1813-1878) auf die Literatur an: Der Schriftsteller bildet nach seinen Beobachtungen Hypothesen und verifiziert sie durch ihre Erprobung. In seiner Erzählung platziert Zola eine bestimmte Figur in einer präzisen Geschichte und löst damit eine Abfolge von Ereignissen aus, die dem oben beschriebenen doppelten Determinismus folgt. Dieses Vorgehen, das sich als wissenschaftlich versteht, soll zu einer besseren Kenntnis des Menschen führen.

Der Determinismus in Nana

Der naturalistischen Sichtweise nach kann Nana, die aus einer Alkoholikerfamilie stammt und in einem unmoralischen Umfeld lebt, nur ein schlimmes Ende erleben.

Tatsächlich beschreibt Zola in seinem *Rougon-Macquart*-Zyklus einen ganzen Stammbaum, um die Bedeutung der biologischen Herkunft und des sozialen Umfeldes für die Entwicklung der Menschen zu beweisen. Alle Romanfiguren des Zyklus tragen daher die verdorbenen Gene von Tante Dide in sich, die die Wurzel des Stammbaums bildet und an geistiger Umnachtung litt. Sie hatte Kinder aus zwei Beziehungen: Das erste, der Sohn des anständigen Rougon, ist ein intelligenter, macht- und geldgieriger Mann geworden. Die gesamte Linie der Rougon ist daher von Ehrgeiz und Manipulation geprägt. Im Gegensatz dazu sind die Kinder aus Tante Dides zweiter, außerehelicher Beziehung mit dem ungehobelten Macquart faul und alkoholkrank wie ihr Vater. Das ist beispielsweise bei Antoine der Fall, der mehrere Kinder hatte, darunter Nanas Mutter Gervaise. Gervaise ist die Hauptfigur in *Der Totschläger* und bildet mit Coupeau ein armes, alkoholkrankes Paar.

DER TOTSCHLÄGER VON ÉMILE ZOLA

Der Totschläger wurde im Jahr 1877 publiziert und ist der siebte Band des *Rougon-Macquart*-Zyklus. Er hat bei seiner Veröffentlichung eine gewisse Polemik ausgelöst, da er sich voll und ganz der

Arbeiterschaft widmet. Es wird daher eine ab und an ungehobelte, grobe Sprache verwendet und handelt vor allem vom Elend und dem Alkoholismus in diesem Milieu.

Das Werk beschreibt das Leben von Gervaise Macquart mit ihrem Liebhaber und den beiden Kindern in einem Pariser Arbeiterviertel. Sie arbeitet als Wäscherin, als ihr Partner sie verlässt. Gervaise ist schön und mutig und heiratet den Arbeiter Coupeau, mit dem sie etwas Wohlstand erfährt und bringt schließlich Nana zur Welt. Das Glück ist jedoch nur von kurzer Dauer, denn ihr Mann beginnt immer öfter einen Ort des Verderbens aufzusuchen, die Kneipe „Der Totschläger", in der der Alkohol in Strömen fließt, wohin Gervaise ihm schlussendlich auch folgt. Der Verfall des Paares zieht sich durch das gesamte Buch; sie leben in einem Elendsviertel und Gervaise muss sich als Prostituierte verdingen.

Nanas beklagenswerte Herkunft ist ausschlaggebend für ihren Charakter und ihr Verhalten. Fauchery nennt sie in seinem Artikel „die goldene Fliege", womit er ihre Persönlichkeit entsprechend ihrer erblichen Veranlagung beschreibt. Sie stammt aus mehreren Generationen von Trinkern und ihr Blut ist von der langen Vererbung von Armut und Alkoholismus verdorben. Nanas erbliche Veranlagung führt zu ihrem lasterhaften Verhalten.

Zola analysiert ihre soziale Prägung durch die Figur von Fauchery:

> Sie ist in irgendeiner Vorstadt dem Pariser Pflaster entsprossen. Groß, schön und verführerisch wie eine Düngerpflanze, rächt sie die Bettler und Verlassenen, von denen sie herstammt. Der Schmutz, den man bisher im Volk hatte gären lassen, stieg mit ihr in die Aristokratie auf, um diese zu verpesten. (S. 148)

Ihre Persönlichkeit ist daher die direkte Konsequenz eines miserablen sozialen Umfeldes, das in Auflösung begriffen ist. Das Elend wie auch die Vererbung bedeuten für Nana einen unerbittlichen Fatalismus.

Dadurch ist die Kurtisane ungewollt dazu verdammt, Paris durch ihre Affären zu verderben und ins Chaos zu stürzen. Graf Muffat ist zudem bewusst:

Nana leidet unter ihrem erblichen und sozialen Determinismus und bürdet dies auch den anderen auf. Sie ist dazu verdammt, alles um sich herum zu verderben, die Männer wie auch die bürgerliche Gesellschaft selbst.

DAS BILD VON UNTERSCHIEDLICHEN WELTEN

Zola hat sich vor dem Verfassen seiner Werke umfassend informiert und eine intensive Beobachtungsphase durchlaufen, um in jedem Roman seines *Rougon-Macquart*-Zyklus ein neues Milieu zu beschreiben. So lebt Nana in zwei Welten:

- **In der Welt des Theaters:** Zola hat einige Tage in einem solchen verbracht und bietet daher in seinem Roman ein komplettes und sehr detailliertes Bild dieses Umfeldes. Die Bühne, die Kulissen, die Garderoben, das Kulissenlager, die „Badewannen", der Auftritt der Schauspieler, die drei Gongschläge, die Proben, die Vorbereitungen der Schauspieler und selbst die Gerüche werden beschrieben.

- **In der Welt der Prostitution:** Im Zweiten Kaiserreich bildete sie eine wahre Industrie und in diesem Roman findet man die komplette Palette der Gesellschaft von der Dirne bis zur reichen Kurtisane in diesem Milieu. Sie kann daher als Widerspiegelung der verdorbenen Gesellschaft und des Regimes verstanden werden, denn die Prostitution florierte damals nur, weil sich die „höheren" Klassen verderben lassen wollten. Zola hat zudem selbst eine Kupplerin besucht und alles bis ins kleinste Detail notiert, selbst das Schminken.

SOZIALKRITIK

Abweichendes Verhalten

Zola lässt seinen Roman in den Pariser Salons des Zweiten Kaiserreichs inmitten von Prunk und Reichtum spielen, um die Tabus einer Welt aufzuzeigen, die zwar makellos erscheint, aber dennoch voll von Lastern und Widersprüchlichkeiten ist. Zola erklärt in recht drastischen Worten, dass das philosophische Thema seines Romans das blinde Verlangen der Männer ist, das die Welt antreibt.

Er studiert in *Nana* also ein leichtes Mädchen in einer Zeit, in der Prostitution tabu war. Zola will damit nicht provozieren, sondern im Gegenteil, das Phänomen genau analysieren. Er macht aus Nana gewissermaßen ein Versuchskaninchen, um die Gründe und Konsequenzen ihres Verhaltens zu bestimmen. Zolas Werk ist daher eine Art Labor, in dem die Figuren und ihre Entwicklung analysiert werden.

Nanas Verhalten ist noch provokanter, weil sie bisexuell ist – eine fürchterliche „Abweichung" im 19. Jahrhundert, die Zola mithilfe von Anspielungen diskreter behandelt als das Thema der Prostitution. Man findet tatsächlich nur etwa zehn Textstellen, die im Roman darauf Bezug nehmen, während das Wort „Homosexualität" gar nicht erwähnt wird. Das Thema kommt am Beginn des Romans dennoch ziemlich deutlich zur Sprache, als Fauchery und Vandeuvres über die Empfänge bei Laura Eisenfuß sprechen:

> Sie erzählten einander mit leuchtenden Augen
> Einzelheiten über die Tischgesellschaft in der

Beziehungen zwischen Frauen werden meist nur durch einen Kuss erwähnt, der als einziger Hinweis auf eine Liebesbeziehung dient.

Dadurch erfährt der Leser relativ schnell von Nanas homosexuellen Neigungen. Das erste Anzeichen ist die Weiblichkeit ihres Liebhabers Georges Hugon. Er wird als androgynes Wesen beschrieben, das mit seinen hellen Augen und seiner blonden Frisur aussieht wie ein als Junge verkleidetes Mädchen. Seine Verletzlichkeit wirkt anziehend auf Nana. Sie geht sogar so weit, ihn als Mädchen zu verkleiden:

Die Bekräftigung ihrer lesbischen Liebe zu Satin signalisiert in weiterer Folge den Beginn ihres Verfalls.

Tatsächlich definiert Zola die Beziehung zwischen Satin und Nana als abartig, obwohl er sich bemüht, eine gewisse, dem Naturalismus innewohnende Neutralität zu wahren (er zeigt die Fehler einer Gesellschaft, jedoch meist ohne ein wertendes Urteil zu fällen). Als Nana am Höhepunkt ihrer Berühmtheit steht und Erfolg als Schauspielerin hat sowie die Mätresse hochrangiger Männer ist, gerät ihr Leben durch die Liaison mit Satin aus den Fugen. Sie muss beispielsweise vor der Polizei flüchten, als sie mit ihrer Liebhaberin im Bett liegt. Die Venus vom Beginn des Romans ist nun zu einer „halbtot[en]" Frau in „verwahrloste[m] Zustand" geworden (S. 206).

DER NIEDERGANG DES KAISERREICHS

Man kann in Nanas Verfall ein Symbol für den Niedergang des Zweiten Kaiserreichs sehen. Die Kurtisane stammt zwar aus der Arbeiterschicht, konnte sich jedoch hocharbeiten und wird auf

Seiten des Kaiserreichs positioniert. Sie selbst sieht sich durch ihren Statuswechsel ebenfalls eher auf Seiten des Kaiserreichs als des Volkes:

> Dann kam das Gespräch auf die Unruhen, die sich in Paris bemerkbar machten, auf die Brandartikel der Zeitungen, auf die geräuschvollen öffentlichen Versammlungen. Nana äußerte sich mit Entrüstung über die Republikaner. Was wollen sie denn, diese schmutzigen Leute, die sich niemals waschen? Ist denn nicht alle Welt zufrieden? Hat denn der Kaiser nicht alles getan, um sein Volk glücklich zu machen? Ein schmutziges Pack, dieses Volk. Sie kenne es wohl und könne davon sprechen. (S. 233)

Parallel zum Untergang der Heldin erlebt die Leserschaft den Zerfall des politischen Systems. Zola macht zahlreiche Anspielungen auf die Unruhen in Paris zu dieser Zeit. Der Roman spielt tatsächlich kurz vor dem Kriegsausbruch im Jahr 1870, der für das Ende des Zweiten Kaiserreichs sorgte.

Nanas Tod wird durch Satins Krankheit angekündigt, die „daran war, in einem erbärmlichen Spital elendiglich zugrunde zu gehen" (S. 318). Nana verschwindet daraufhin monatelang, bevor sie an Pocken erkrankt wiederauftaucht. Ihr physischer Verfall folgt auf ihren moralischen Zerfall: Sie beendet ihr Leben als „Haufen verdorbenen Fleisches und Blutes, hingeworfen auf diese Kissen" (S. 336), während die Bürger auf der Straße „Nach Berlin, nach Berlin!" (*ibid*.) skandieren und dadurch den Deutsch-Französischen Krieg ankündigen. Nanas Ende deckt sich mit dem Niedergang des Regimes. Sie personifiziert das Zweite Kaiserreich durch ihren Verfall und repräsentiert den selbstverantworteten Niedergang eines verdorbenen Regimes (das Zweite Kaiserreich war geprägt vom Staatsstreich von Napoleon III., seinen wilden Spekulationen, dem Klassenkampf und dem moralischen Verfall).

Aber Nana ist nicht die einzige, die verfällt. Sie verdirbt die Gesellschaft, die sie zu dem gemacht hat, was sie ist, nur noch mehr. Eher unbewusst rächt sie ihre Eltern, indem sie Chaos und Verderben anrichtet. Durch sie entsteht eine Desorganisation der Gesellschaft und die sozialen Bande werden durcheinandergebracht. Die Kurtisanen gehen zu denselben Pferderennen wie Napoleon III. und gehören zu den Gästen der Verlobungsfeier einer Gräfin. Die gesamte Gesellschaft im Zweiten Kaiserreich ist im Roman verdorben. Nana befällt sozusagen die bürgerliche Oberschicht und steckt alle mit ihrer moralischen Verdorbenheit an. Der Autor kritisiert die autoritäre Regierung, die einerseits immense Vermögen verspricht und andererseits für die meisten tiefes Elend bedeutet. Die feine Gesellschaft kann ihre Werte nicht aufrechterhalten, während das Zweite Kaiserreich gleichzeitig dem Untergang geweiht ist.

Diese gesellschaftliche Desorganisation führt zu einem schrecklichen Ausgang – dem Deutsch-Französischen Krieg und den unzähligen Toten, die dieser mit sich bringt.

SCHREIBVERFAHREN

Aus Gründen der dem Naturalismus eigenen Objektivität charakterisieren unterschiedliche Merkmale Zolas Schreibstil:

- **Die Verwendung des Pronomens „man":** Durch die Verwendung dieses unbestimmten Pronomens lässt der Autor die Romanfiguren die Welt beobachten und erklären, wie in diesem Auszug über die Pferderennen:

> Ein herrlicher Kampf entwickelte sich zwischen
> Spirit, Lusignan, Nana und Valerio II. Man nannte
> sie einzeln, man stellte fortwährend den Fort-
> schritt oder das Zurückbleiben jedes einzelnen
> Pferdes fest. (S. 261)

- **Die erlebte Rede:** Darin wird die Stimme des Erzählers über die der Romanfigur gelegt, wie in dieser Aussage von Zoé:

> Da Madame die Gnade hatte, über ihre Angele-
> genheiten mit ihr zu sprechen, wollte auch sie
> ihre Meinung sagen. Vor allem wolle sie ver-
> sichern, wie sehr sie Madame zugetan sei. Sie
> hatte ihretwegen Madame Blanche verlassen
> und Gott weiß, daß [sic] Madame Blanche alles
> mögliche [sic] aufgeboten, um sie zurückzulo-
> cken. (S. 27)

In diesem Auszug spricht Zoé, sodass die Aussage auch in der indirekten Rede getätigt werden und wie folgt lauten könnte: „Zoé erklärt, wie sehr sie Madame zugetan sei …“. Durch die Auslassung des einführenden Verbs legt sich die Stimme des Erzählers über die von Zoé.

- **Die Vervielfachung der Sichtweisen:** Die Realität wird aus unterschiedlichen Sichtwei-sen beschrieben, was eine umfassendere Be-schreibung der Gesellschaft möglich macht.

Beispielsweise gehen an Nanas Krankenbett die Meinungen der Kurtisanen über den bevorstehenden Deutsch-Französischen Krieg auseinander:

> Ich hätte Lust, mich als Mann zu verkleiden, um diesen schweinischen Preußen mit dem Gewehrkolben zu erschlagen!
> Sag' nichts Böses von den Preußen, sagte sie; es sind Menschen wie die anderen und sitzen nicht immer den Weibern auf den Röcken wie die Franzosen. (S. 332)

Eine Art der Beschreibung, die nicht unter Zolas Objektivität fällt, ist dennoch immer wieder präsent: die undifferenzierte Menge. In diesen Gruppen verschwinden die Individuen und werden zu einer verstärkten kollektiven Kraft. Der Realismus wird nun durch epische Verallgemeinerung ersetzt. Zolas Beschreibung von der „Nach Berlin!" skandierenden Menschenmenge ist ein gutes Beispiel dafür:

> Noch immer wurden Fackeln vorübergetragen, von denen die Funken in die Luft stoben; in der Ferne sah man neue Scharen sich bewegen, die sich in dem Dunkel verloren, Viehherden gleich, die man zur Schlachtbank treibt. Von diesem

sinnverwirrenden Getümmel, von diesen ver-
wirrten Massen stieg ein Entsetzen, eine unge-
heure Angst vor künftigen Metzeleien empor.
(S. 331)

Diese epische Beschreibung kündigt den don-
nernden Fall des Imperiums an, welcher einen
Schlüsselmoment in der Geschichte des Romans
darstellt.

Nana ist daher ein vielschichtiger Roman, da er
nicht nur die Geschichte einer verdorbenen Heldin beschreibt, sondern auch eine verdorbene
Welt und die korrupte Regierung.

Der Totschläger hatte drei Jahre zuvor bereits
eine Wende in Zolas Leben eingeleitet, indem er
bei seiner Publikation Polemik in Bezug auf sein
als vulgär und schockierend bezeichnetes Thema
auslöste. Dies hat seinen Erfolg jedoch nicht ge-
schmälert. Mit *Nana* sorgte der Autor erneut
für einen Skandal. Man warf ihm seine grobe
Sprache und die plumpen Figuren vor. Andere
Autoren wie Gustave Flaubert (französischer
Schriftsteller, 1821-1880), Joris-Karl Huysmans
(französischer Schriftsteller, 1848-1907) und
Guy de Maupassant (französischer Schriftsteller,

1850-1893) waren von dem Werk allerdings be-
geistert. Auch wenn die Meinungen über *Nana*
auseinandergehen, ist der Erfolg des Romans bis
heute ungebrochen.

ZUM NACHDENKEN

FRAGEN ZUR VERTIEFUNG

- Fauchery bezeichnet Nana in seinem Artikel als „goldene Fliege". Warum?
- Als Vandeuvres seine Stute „Nana" tauft, wird die Kurtisane fortan mit einem Tier verglichen. Erkläre die Bedeutung und das Ziel dieses Vergleichs.
- Welche sozialen Klassen werden in diesem Roman dargestellt? Sind einige von ihnen moralischer als andere? Begründe Deine Antwort.
- Welche Werte vertreten Nana und die anderen Romanfiguren?
- Zolas Ziel ist es, die Menschheit besser kennenzulernen. Was hast Du durch dieses Buch über den Menschen gelernt?
- Erkläre Zolas naturalistische Methode anhand des Romans.
- Warum wurde der Roman Deiner Meinung nach als obszön bezeichnet?
- Zeigt sich Zola in diesem Werk kritisch?

- Welche Verfahren verwendet der Autor, um so objektiv wie möglich zu bleiben?
- Warum beschreibt Zola Deiner Meinung nach immer wieder die Menschenmengen?
- In einer der Verfilmungen von *Nana* tötet Muffat die Heldin. Was denkst Du über dieses Ende?

Deine Meinung ist uns wichtig!
Hinterlasse doch einen Kommentar auf der Seite
unserer Online-Buchhandlung
und teile Deine Favoriten in den sozialen
Netzwerken!

DARÜBER HINAUS

HERANGEZOGENE AUSGABE

- Zola, Émile: *Nana*. Aus dem Französischen von Armin Schwarz. Jazzybee Verlag: Altmünster 2015.

SEKUNDÄRLITERATUR

- Essig, Rolf-Bernhard: „Emile Zola". *Die Zeit*. 40 (26.09.2002). https://www.zeit.de/2002/40/Emile_Zola/komplettansicht (08.09.2019).

- *Bonaventura*: „Émile Zola: Nana". (02.05.2011). https://www.bonaventura.blog/2011/mile-zola-nana/ (08.09.2019).

- *Klassiker der Weltliteratur*: „Émile Zola – ‚Die Rougon-Macquart'". *ARD-alpha*. (23.05.2016). https://www.br.de/fernsehen/ard-alpha/sendungen/klassiker-der-weltliteratur/emile-zola-rougon-macquart-romane100.html (08.09.2019).

VERFILMUNG

- *Nana*: Film von Jean Renoir mit Catherine Hessling, Werner Krauß und Jean Angelo. Frankreich und Deutschland 1926.

MEHR AUF DERQUERLESER.DE

- Cerf, Natalie; Coullet, Pauline: Die Beute *von Émile Zola (Lektürehilfe). Detaillierte Zusammenfassung, Personenanalyse und Interpretation.* Aus dem Französischen von Julia Buchrieser. Plurilingua Publishing: Brüssel 2019.

- Delandmeter, Anne: Das Paradies der Damen *von Émile Zola (Lektürehilfe). Detaillierte Zusammenfassung, Personenanalyse und Interpretation.* Aus dem Französischen von Julia Buchrieser. Plurilingua Publishing: Brüssel 2019.

- Seret, Hadrien; Lhoste, Lucile: Germinal *von Émile Zola (Lektürehilfe). Detaillierte Zusammenfassung, Personenanalyse und Interpretation.* Aus dem Französischen von Miriam Traub. Plurilingua Publishing: Brüssel 2018.

derQuerleser.de
Literatur auf den Punkt gebracht!

www.derQuerleser.de

ISBN digitale Ausgabe: 9782808020824

ISBN gedruckte Ausgabe: 9782808020831

Pflichtexemplar: D/2019/12603/206

Cover: © Plurilingua

Logo: © Graphicrepublic (Freepik.com) und Plurilingua

In Zusammenarbeit mit Pauline Coullet für die Personenanalyse von Satin sowie für die Kapitel „Der Determinismus in Nana" und „Sozialkritik".

Digitale Aufbereitung: <u>Primento</u>, der digitale Partner der Herausgeber